이대흠 시집

눈물 속에는 고래가 산다

차 례

제 1 부 지나온 것들이 내 안에 가득하다

제 2 부 사랑스런 미이라

제 3 부 그리고 나는 떠난다

제 4 부 홍수 속으로

제 1 부

지나온 것들이 내 안에 가득하다

불 속으로, 그 남자

마음속 우거진 슬픔을 누가
벌초해주리 그 남자
함부로 돋아나는 슬픔의 밑동을 자르며
불 속으로 그 남자 세상 속으로 온몸을
불 속으로 밀며 나사처럼 야위어
어긋난 세상에서 헛돌며 자꾸
헛돌며 뱅뱅 불 속에서 세상
속에서 헛돌며 슬픔은 나비떼 뱅뱅
날아오르고 아찔해 그 남자
세상의 불 속으로 걸어가네 흐느낌 없는
세상은 뜨거워 그 남자 헐거운 몸으로
세상을 조이고 있네 세상 속에서
불 속에서 녹슬지 않는 몸으로
그 남자

鵲　枕

어떤 사람이 떠나고 그 사람이 그립다면
그 사람이 멀리 있다고 생각 마라
그리운 것은 내 안으로 떠나는 것이다

다만 나는
내 속을 보지 못한다

* 작침: 까치 베개. 까치가 집을 지을 때 풀이나 나뭇가지 사이
　에 집어넣는 작은 돌. 그 돌을 품에 가지고 다니면 내가 사랑
　하는 사람이 나를 사랑하게 된다 함.

마침표를 먼저 찍다

.세상살이의 시작이 막장이고 보니 난 어쩜 마침표를 먼저 찍은 문장 아닌지 .막장은, 마침표는 이전의 것을 보여주는 구멍이다 .그 캄캄한 것을 오래 들여다보면 한 세상이 보인다 .이 캄캄한 공사장의 먼지, 이 무수한 마침표를 통해 본다 .오래된 짐승의 알처럼 둥근 마침표 .내 생의 처음이었던 어머니, 그 마침표 .그녀의 검은 눈동자 .한 세상의 아픔이 그득하여 그녀의 눈빛은 맑다 .파이프 메고 어두운 계단을 오르며 난간에만 빛이 웅성거림을 본다 .난간에 버려진 저 작은 쇳조각, 깨어진 돌멩이가 결국 하나의 사상임을 너무 늦게 알았다 .어두운 곳이라 난간이 길이다 .난간을 걷는 나의 生 .언제든 죽을 수 있으므로 고개 숙이지 않으리 .무겁다 .무거운 것들이 적어 세상은 무거워졌다 .대부분 이 짐을 지지 않는다 .마침표를 찍자 .여기부터가 시작이다 .

백설공주를 깨우지 마

아름다워지기 위한 너의 노력이 추악하다고 동화는 말한다 그러나 마귀여 나는 너의 지팡이 끝에서 깨끗한 욕망을 본다 이상하게도 동화라는 굴속에 들어가면 아무런 이유없이 나무와 새들이 너를 경계한다 너의 도구들이 너의 종교가 된 탓일까 질문을 던지지 않고 바람과 풀잎들이 너의 생활을 부도덕하다고 단정한다 너를 닮은 여자들이 이 밤도 이름을 밝히지 않은 채 몸을 파는 서울에서 나는 너를 생각한다 태어나는 순간부터 예뻐지고 싶은 벌을 받아서 너의 생은 그다지 위태로운가 거울은 늘 너를 배반하며 운명을 가르치려 한다 잠든 숲이 공주의 몸 속으로 들어가 공주는 말이 없다 난장이들은 편견의 손으로 너의 욕망을 분지른다 숲에서는 눈 큰 짐승들이 썩은 나뭇가지 쪽으로 울음을 날리고 구름은 하늘을 둥그렇게 굴리고 있다 물소리 지워진 곳에서 물을 닮은 네가 울고 있구나 마귀여 무엇이든 될 수 있어 외로운 자여 공주의 아름다움은 정해져 있어 비극과 희망을 모르고 너는 아름다움을 찾아 지팡이 더듬거린다 마귀여 휘파람을 불라 인간들은 자신을 닮은 너를 애써 외면하려 한다 어떤 경우라도 절대의 아름다움이 있다면 인간 세상 아름다움 없으리 백설공주를깨우지마라공주가깨면마귀도나도잠들어야하리

눈물 속에는 고래가 산다

내가 없었을 때 세상은
짐승들의 것이었다 내가 태어났을 때도
세상은 짐승들의 것이었다
오래도록 세상은 젓갈처럼 깊어가고 나는
아무런 문을 열지 않았다
나는 세상을 창조하지 않았고
한 나라를 이루지도 못했다
지네인 듯 발이 많은 시간들이
스쳐 지나갔고 처음보다
부피만 더 커진 몸뚱이로
나는 외길에 서 있다

(삼십여 년 세상의 빛이 되지 못했지만 내 몸을 만들 때
나의 부모는 그 누구에게도 하청을 주지 않았음이 분명하
다 이따금 하자 보수를 해야 할 때도 있지만 나는 삼풍처
럼 무너질 염려가 없다 어쩌다 천재지변이 일어난다면 어
쩔 수 없지만 아직껏 까딱없었고 향후 삼십 년은 튼튼하리
라 내 몸 안을 방문중인 무수한 세균들이여 안심하라 내
안의 보일러는 반영구적이며 온도 쎈서는 고장나지 않는다

이따금 그대 향한 내 마음 욕정의 물탱크실에서 고수위 경
보가 울리고 그리움이 그치지 않고 흘러 넘치지만 내 몸
안의 길들은 무너지지 않는다 나의 오장육부를 쇼핑하는
자들아 그대들은 항상 따스한 곳에서 즐거이 양식을 구하
리라 내 몸 안의 세균들이여 질병이여 내 몸 안의 소주여
사글셋방이여 빌딩들이여)

　내 몸엔 탐진강이 흐르고 있으며
　북한산과 용두봉이 둥지를 틀고 있다
　나는 이미 한강의 일부이며 그 강은
　나의 일부이다 나는 매일
　이 땅의 산과 강으로 호흡한다
　누구도 나의 미래를 커닝할 수 없고
　살아 있다는 것으로 나는 얼마나
　위대한가

선풍기가 돈다

선풍기가 돈다 선풍기가 돌며 선풍기 날개에 묻은 먼지
들이 돈다 선풍기는 돌면서 자신의 기억을 다 돌리지 못한
다 선풍기가 돈다 선풍기 날개에 부딪혀 더위는 조금씩 깨
어진다 선풍기는 바람과 함께 제 목숨을 자꾸 날려보낸다
날은 더워지고 선풍기가 돈다 선풍기에게 돌지 말라고 내
가 말한다 선풍기는 내 목소리를 꽈배기처럼 비틀어버린다
불쾌한 반역 선풍기가 돈다 쌩쌩 선풍기는 돌며 선풍기 날
개만 돌아간다 선풍기는 돌지 않는다

연꽃 피네

덕진공원 호수에 연숲이 있네
그 위로 녹슨 철교 흔들거리네
도 미 솔 화음 속 입맞추며 남녀들
세상의 철교 건너네
불현듯 연숲으로 달디단 바람 불고
엉덩이만한 잎새들
깔깔깔 들썩이네
팔월 땡볕
하늘이 쩌억 갈라져 자꾸
재채기 나오려 하네
햇살, 양수처럼 뿌려지네

연꽃 피네

지나온 것들이 내 안에 가득하다

호삼에게

산에 오르면 산으로 가득 차야 하건만
마음의 길은 자꾸 떠나온 쪽으로 뻗는다
세상 밖으로 가지 못한 바람 불고
추억은 소매치기처럼 떠오른다
사람의 말들이 이슬로 내리던 밤이 있었다 그 밤에
그 남자와 그 여자와 밤을 새웠다 나는
외로워지고 싶어 자꾸 지껄였다
그 여자는 가늘었다 가는 여자 가버린 여자
그 남자는 흘러갔다 흘러간 남자 홀로 간 남자
그 여자를 나의 길[道]로 믿었던 적이 있었다
그 남자를 나의 길[道]로 믿었던 적이 있었다
가는 것들이 나를 닮아 나는 자꾸 작아진다
구슬처럼 작아져 나는 왔던 길로
거슬러 가지 못한다 헉헉대며 굴러온 세월
오래 된 인간의 말들이 돌 되어
길을 막곤 했다
세상이 나보다 더럽게 보여
깨끗한 극약을 가지고 다닌 적이 있었다
저지르고 싶어 팍 무너지고 싶어

16

이 집은 그 집이 아니야 그 집은 어디 갔지 ?
나는 왜 자꾸 철거당하는 걸까 ?
산 깊어 길 없고 지나온 길들이 내 안에서
실타래처럼 풀린다 이 어덕은 미끄러워 자꾸
나를 넘어뜨린다 감자처럼 궁구는 내 몸뚱이
세월은 비탈지구나 그러나
세상을 믿어 나는 괴로웠다
하루가 지나면 하루만큼의 상처가 남고
한 사람이 지나가면 한 사람만큼의 상처가 남는다
상처받을 수 있다는 건 쒭다 뱉는 희망보다
얼마나 큰 선물인가 노래를 부르며
나는 걷는다
생의 뒷장을 넘기지 못하고 세월이여
불행으로 삶을 엮는 사람의 죽음은 불행인가 무엇이
지나온 길을 내 안에 묶어 두는가

자 화 상

사당행 전철에 앉아 있습니다 늙은 여자가
앞에 서 있는데
자리를 양보하기 싫습니다 차창 밖은 검은 세상
나는 그 밖보다 더 어두워지기 위해
앉아 있는 걸까요

세월은 마음의 연한 흙을 쓸어가는
물결입니다 상처 많은 젊은 날
나의 직업은 죄입니다

일곱 박스의 귤을 팔았습니다
리어카 끌고 셋방 갑니다
귤 껍질 벗기듯 마누라 벗기고
달콤하고 신맛도 좀 있는 밤
그런 귤쪽같이 붉은 시월입니다
내 무성했던 가지들마다
잎이 지고 있습니다

감옥입니다 어찌 보면

내가 있는 곳은 전부 감옥이었습니다 나는
어머니 뱃속 그 따뜻한 감옥에서
이 차가운 감옥으로 태어났습니다 세상은
뜨거움 없는 여름입니다
두렵지 않아 슬픕니다

다산과 함께 귀양갑니다
전라도 해남땅은 오지입니다
내 작은 그리움은 오지 않습니다
오지를 편 듯 작은 반도들이
쭈욱 뻗어 있습니다

그 부엌에서 물이 끓고 있는 늦은 밤에
면발처럼 풀어져 잠들었습니다 나는
너무 잘 익어 팅팅 분 라면발
아이들에게 버림받고
젓가락처럼 나란히 선 전신주 곁에
찌꺼기로 버려져 잠들었습니다

....

봄 은

조용한 오후다   무슨 큰일이 닥칠 것 같다   나무의 가지들 세상 곳곳을 향해   총구를 겨누고 있다   숨 쉬지   말라   그대 언 영혼을 향해   언제 방아쇠가 당겨질 지   알 수 없다   마침내 곳곳에서 탕, 탕, 탕, 탕   세상을 향해 쏘아대는   저 꽃들   피할 새도 없이   하늘과 땅에 저 꽃들   전쟁은 시작되었다   전쟁 이다

제 2 부

사랑스런 미이라

소나기 내린다

소나기 내린다 저 인사불성의 사내
비 내린다 법도 도덕도 없이 비는
흙의 가슴이며 허벅지며
푹푹 찔러댄다 천년의 여인 흙은
불쑥불쑥 엉덩이를 들어올린다 음탕하게
한바탕 소나기 내린다 저 잡것들
후줄근한 땀방울 없이
눈에 보이는 데서 세상의 가장 은밀한 일을
치러버린다 이윽고
비 그친 뒤 햇살 따스한 날
빠뿌쟁이 푸른 머리 툭
튀어나온다 그 여인으로부터

사랑스런 미이라

　미이라는 항상 해가 뜨면 오지요 매니큐어를 칠하지 않았고요 근육질 몸매로 양식을 구하지요 긴 머리 휘날리며 룰루루루 노래하죠 그녀는 사랑을 말하지 않고요 누구든 사랑하죠 살찐 바람소리 천지를 에워싸고 나뭇잎으로 옷 만들어 입고 팬티는 없어요 그녀는 항상 해가 뜨면 오지요 숲 속에서 룰루루루 짐승들과 싸우지요 사랑이란 지극히 순간의 감정이에요 백년을 약속하지 않지요 언제든 벗길 수 있는 본능이란 야성에 가까워요 그녀는 사랑에 목숨걸지 않지요 몇 천년 지나면 미이라가 되지요 미이라는 항상 일곱시에 오지요 경쾌한 음악이 울리지요 그녀는 빨간 구두를 신었고요 구두 끝에선 피 내음이 없지요 욕하지 말아요 사람들은 자신의 가시로 자신을 찌르지 않지요 그녀는 노래하지요 그녀가 그대를 사랑하지는 않지만 그녀는 그대에게 사랑을 고백하지요 위선이라고요? 웃기지 마세요 그녀에게선 아무런 내음도 없지만 향긋함 속에 있는 듯 하지요 그녀는 항상 일곱시에 오지요 나뭇잎 같은 치마 긴 머리 룰루루루 노래하며 그녀는 혁명을 말하지 않지요 미이라는 항상 일곱시에 오지요

이동식 화장실에서 1

오래 되어 부드러워진 그것이 똥구멍을
벗는다 파리들 윙윙 일상을 초탈한 표정으로
구더기와 내 머리 위에서 허공의 길을 가르쳐준다 나는
그 길이 보이지 않는다 똥은
밥과 김치와 멸치 대가리를 삭혀 저리 부드러워져
파리를 낳았구나 부드러워져야 날아가는 것의
어미가 될 수 있구나 고통도 이데올로기도 오래 되어야
따뜻하고 부드러워지리 냄새나는 이 조그만 공간이 내
명상의 성이다 벽면의 벌거벗은 낙서들은
누군가의 가장 솔직한 고백이리라 몇 마리 구더기들 날
개 없이
똥통을 벗어나 플라스틱 벽을 기어다닌다 푸르다고 모두
하늘은 아니건만 거짓 선지자처럼 반짝이는 몸뚱이의 구
더기들
인간아인간아어찌날개없이
그것이해탈이겠느냐
내 엉덩이 밑 구더기들은 따스한 별처럼 은은하다 별들
이 일구어
평편한 하늘이 똥통이구나 있어야 할 자리에 있는 자들은

오래 빛난다 세상의 한 모퉁이엔 이렇게
아름다움이 머물고 이 여름 화장실은
세속의 굴 밖으로 가는 문이다 어둠을 향해 오줌 누며 나는
딱딱한 사각의 변기가 내 누울 널 같다고
생각한다 그 안에서 다른 세상이 열리며
똥— 하고 바닥에 떨어져 너와 나의 경계가 없는 곳으로
가벼이 날아가는 똥이여 나도 너처럼 어느 아늑한 데로
가고 싶다 똥똥 똥 떨어지는 소리의 그윽함이여
열망뿐인 내 젊음은 언제 저리 깊어질 수 있을는지
아픔의 날들도 오래 되면 똥처럼 부드러워지리
잔잔한 그곳에서 내일은 맑은 눈의 파리가 씽 날아오른다
여럿이 하나 되어 고요한 그곳에 새로운 똥이 똥
떨어지고 해탈하고 다른 자들과 섞여
이루는 아름다움, 화장실은 늘 내게
속을 깨끗히 비우라 하고

이동식 화장실에서 2

사각의 공간에 구더기들은
활자처럼 꼬물거린다
화장실은
작고 촘촘한 글씨로 가득찬
불경 같다
살아 꿈틀대는 말씀들을
나는 본다

리모컨／새로운 신화

아무리 채널을 바꾸어도 (1) 아버지는 바뀌지 않았다 (2) 나는 자꾸 4번 신호를 보냈지만 아버지는 (3) 영화 같은 삶을 보여주지 않았다 나는 (4) 지루한 뉴스처럼 똑같이 반복되는 (5) 폭행과 부조리 속의 터널을 지나왔다 (6) 내 안의 건전지는 (7) 얼마의 수명이 남아 있는 것일까 (8) 나는 방전되고 있는지도 모른다 하지만 (9) 이전의 사람들이 다 죽었다고 (10) 내가 죽어야 한다는 (11) 법은 없다 몇 십년 동안 (12) 몇번의 명절은 즐거웠다 관념 속의 (13) 명절이란 가지고 싶은 그 무엇의 (14) 광고 같은 것이다 (15) 명절을 뺀 대부분의 삶이란 (16) 줄거리가 뻔한 연속극이었다 (17) 나는 지겹고 지겨워 (18) 아버지가 가진 희망이나 놀이에 (19) 흥미를 잃어갔다 어느 순간 나는 (20) 고아이길 꿈꾸었다 (21) 결국, 부모란 (22) 씹다 뱉는 껌 같은 것이다 (23) 아버지가 더이상 나의 요구를 (24) 들어주지 않을 때 나는 (25) 아버지를 꺼버리고 싶어졌다

기억에 대하여

내 조그만 다락방,
몸 전체가 다락인 그가 산다

그곳에는 몇몇 죽은 자들의 유언과
산 자들의 열망이 책장에 꽂혀 있다 한때
내 정신을 비틀고 지나갔던 그리움들이 벽돌이 되어
침착하게 쌓여 있고 사랑의 꽁초들은 죽는 것만이
남은 일처럼 쉬고 있다

다락이 몸인 그는 자신의 죽음을 자신의
아가리에 처넣으며 살아간다 이따금 나는 그의 가슴에
꽂힌
몇 장의 명함을 찢고 싶다

불행했던 날들도 그를 만나면
아득해진다 아득해지면 대부분의 것들은 지워지고
남은 것들은 더욱 선명해진다
남은 그것이 뱀의 혀를 닮았어도 아득하면
맑아진다 아름다움이란 지워질 무렵에 보인다

그의 품속에는 아득한 것만 남아 있구나
내 속에 든 그를 나는 종이처럼
구겨버릴 수 없다

내가 죽은 뒤에도 그는
내가 지나쳐 온 모든 길에서 주소를 옮겨
타인들 속을 떠돌아다니리

담배 피우는 남자

하늘에서 내려온 저 시커먼 사내들이
지상에 촘촘히 못을 박는다
장마다
빗물은 함석지붕 때리고
녹이 많이 슨 쪽으로 다가선다 나는
그리움에 죄스러워
눕지 못한다 호박은 담장의 사금파리 말며
하늘 향해 오른다 손 닿는 곳이 다 하늘이라고
내 안에서 누군가가 속삭인다
축사의 소들은 자기 똥 위에 누워
우기를 되새김질한다
한 어미가 새끼를 낳았고 주인은
숫놈이라 돈 벌었다며 해바라기 흉내낸다
빗속에 해바라기 젖어 있다
젖어 있는 것들은 한사코
자기 안으로 눈을 돌린다
온몸이 젖은 고양이 한 마리
눈만 동그란 채 대숲으로 뛴다 댓잎들 부딪쳐
오래된 단조를 연주하고

고양이가 운다 그 울음소리 듣다보면
저승 가는 길의 바람소리가
저러하리라 생각된다
백석이 죽었고 수영이 죽었고 훗날
나도 죽었다 검은 사내들의 못 박는 일은
어두워져도 계속된다 야근인갑다
탕탕탕탕 못 치는 소리에 맞춰 어디선가
한 사람씩 죽어가고
불빛 없이 젊음이 기우는 소리를
혼자 듣는다

꽃핀 나; 검증 없는 상상

사랑이란 머릿속의 포르노 테이프를 현실에서 실현하는
것
그리움이란 성욕의 다른 이름
나는 그다지 타락한 것 같지 않은데
너를 만나면 관계하고 싶다

그 봄 때죽꽃이 연이어 포경 수술을 해댈 때
나는 군인이었고 휴가 마지막 날
터미널 근처의 비뇨기과에서 붉은 꽃술을 내밀었다

꽃핀 나는 꿈속에서 친구의 애인을 겁탈하였고
아무런 벌을 받지 않았다

나는 무죄였고
무죄였으므로 나는 괴로웠고
괴로워하지 않았고

면회 온 대부분의 여자들과 관계 맺는 상상을 하였다
나는 팅팅 꽃피었고

어느 입술에도 닿아보지 못한 채
봄날은 갔다

함성으로 만발한 꽃들
어떤 꽃 끝에도 여름은 없이

꽃, 꽃, 꽃, 꽃들

진 달 래

그대 사는 작은 방
그대 마음 비치어 유리창 맑다
유리의 투명함으로 마당가의
철쭉은 붉다 불붙은 내 가슴이여
밖을 보던 그대 눈동자
무거워지고 안 보이는 바람이
나무 이파리 흔든다
햇볕 점점 뜨거워지고
빨랫줄에 걸린 손수건이
바람의 길 가르쳐준다
바람에 날린 흰나비 한 마리
붉은 그 꽃 속으로 들어간다

비

그 여름 밤 깊어 그대와
子正 주변을 서성거렸네 나는 닿을 데

없는 방향으로 몇푼 희망을 흘려 보냈지 나방들
가로등 둘레를 맴돌았지만 불이 되지
못했네 아무리 그대가 내 가슴에
입김을 부어도 외로움은 적셔지지 않았고 이루지
못한 꿈의 풀포기 어둠속으로 뿌리
뻗었네 어떤 무늬를 남기며 그대
내 가슴을 흘러갔는가 점점이
하늘을 오려내며 비는 내렸네
더 젖을 가슴 어디 있는지 빗물은
양어깨를 타고 내렸네

국 화

착실히 접어진 꽃잎 속에 숨어
차가운 바람처럼 그대 오거든
노오란 귀 다 버리며
그대 숨소리 들으리

눈

어떤 슬픔으로
이 상처를 기울까

저승에 가지 못한 영혼들이
저리 하얗게 풀어져
길과 산 위를 서성인다

불현듯 내 갈비뼈가

불현듯 내 갈비뼈가 튀어나와 내 곁에 눕는다 그 뼈는 지렁이가 되고 뱀이 되고 잉어가 되고 사슴이 되고 이슬이 되어 내 목을 핥는다 뼛속으로 바람 불고 그 뼈는 희고 둥 근 울음을 울며 내 가슴으로 파고든다 그 뼈는 여자가 되 어 내 옷을 벗긴다 내 가슴이 꽹과리처럼 운다 밤 깊어 그 뼈는 어머니가 되어 나를 낳는다 나를 낳은 내 갈비뼈가 툭 부러져서 썩어간다 구더기처럼 그 뼈를 갉아먹으며 나 는 살아간다

내가 나에게 들켜버렸을 때, 나의
위증이 나의 양심에 취조당할 때,

돌아섰을 때는 이전의 길을 가기엔 늦은 때이다 그대 나의 스승이여 몇 권의 경전이나 맞춤법 책으로 나를 읽지말라 삶은 말씀대로 움직이지 않고 맞춤법은 이후의 언어를 모르면서 힘만 센 명문법이다 뒤늦게 나는 기억 속의그대에게 추방령을 내린다 빛이라 믿었던 그대의 말은 모두 땅속에 있었다 기억은 뱀처럼 가늘다 붉은 혀를 내밀어나를 감싼다 떠나지 않는 그대여 그대의 모든 가르침을 나는 경멸한다 집 없는 고양이처럼 웅크리고 앉아 나는 황량하다 다 쓴 콘돔 같은 그대 그대로부터 나의 모든 길이 시작됐으므로 그대는 나의 모든 길을 막았다 그대는 쉽게 부러지지 않는다 이미 있는 길은 단단하고 매끄럽다 나는 그것이 내 길인 양 거품처럼 뛰어다녔다 생의 바닥으로 헤엄쳐서 이른 곳은 바다가 아니다 덧없어라 모든 싸움의 끝은싸움인 것을 그 싸움으로 저 물줄기처럼 목숨의 줄은 풀어진다 끝이 있는 실이여 아무리 버티어도 저승의 문은 발랄하게 열리고 아무리 꿈꾸어도 결국 꿈은 삶이 아니다 시인은 아무것도 예언하지 못하고 모든 법과 점술가는 과거만을 되새김질한다 내 오랜 벗인 시간이여 너는 어느 허공에옷 벗는가 네가 벗은 옷들은 보이지 않는 곳으로 날아가고

꽃들이 그 옷자락을 물며 땅으로 떨어진다 모든 아름다운
것은 죽는가 묻지 말라 나는 대답을 회피하고 싶은 것이다
거리의 모든 가게들과 모든 사람들의 노래가 살아 있는 것
으로 보였으므로 나는 그대를 버리는 것이다 내 안의 그대
여 뒤돌아서 걸으면 아무리 가도 그대는 미래로 뒷걸음치
는 것이다 이미 먹은 밥을 다시 먹을 수 없고 역사의 페이
지 어느 곳 열어봐도 여기 이곳이 세월의 꽃이다 거리에
버려진 담배꽁초 하나와 나의 일상은 무관하지만 모든 비
극의 출발은 사소한 것이다 상심 말라 살아 있다는 것만으
로 우리는 충분히 비극에 있다

책꽂이의 책이 내 삶의 단면이냐?

/////////아리랑…… 겨레여, 역사여, 소리여////////
/부초/////////나가사키의 노래////////民族文學과 世
界文學/////////史記列傳////////맑스연대기/////////
삼민주의/////////현대 미술의 원리/////////아아 광주
여 영원한 청춘의 도시여/////////남해 금산/////////자
본주의의 약속/////////아제아제바라아제/////////수석
교실//////////소유냐 삶이냐/////////박헌영 노선 비판
/////////벙어리 예수/////////미당 서정주 전집/////
////꽃을 꺾기 시작하면서/////////무의식 분석/////////
정신현상학/////////순수이성비판/////////문화운동론/
///
///

나는 자꾸 가치관을 정정하였다 꽃이 피기 전에
왜 자꾸 피고 싶은 열망은 성기를
세우는지 탁 털어버리고 싶다 이 탱탱함
어느 음부엔가 이 수억의 정자
집어넣고 싶다 해탈하고 싶다 여인이여
나를 이끌 여,…… 미치겠네 쓱

밀어넣고 싶은 이 딱딱한 이 지식이라는
이 성기

전철은 나를 수행자로 만든다

아침 일곱시 무렵에 전철을 탄다
허벅지가 드러난
치마를 입고 내 앞에 붙어 있는 여자 순간 나는
본능만의 성교를 꿈꾼다 강간이나
추행이라는 무서운 말들이
내 안에 있구나 불현듯
아버지를 죽인 한 아들이 신문 속에서
내 마음과 함께 구겨지고
비명을 지르거나 욕을 해대는 사람들
발은 바닥에서 떨어져 몸뚱이가 날아갈 자세를 취해도
날개는 펴지지 않고
땀냄새와 악다구니만 자갈처럼 날아다닌다
자라나는 아이들 눈에 안 보이는데
담담한 표정으로 신문을 뒤적이는 자여 그대는
어떤 한 경지에 다다른 것처럼 보인다
복잡한 열차 속에서 다른 사람들
문드러지든가 말든가 차가
흔들리는 대로 흔들리고 쏠리는 대로 쏠리며 그대는
침묵한다 키 작은 나는

앉지도 못한 채 면벽 수도하고
오줌을 참고 성욕을 참고 동대문이나
충무로에 내리면 매캐한 바람이 코를 쑤시고
차 안에 남아 있던 자들의
비명은 들리지 않는다
일하기 전에 피곤해진 몸으로
기어가는 우리는 일개미들처럼
까맣게 줄지어 굴속을 오르내리고

화계사에서 구겨지다

사천왕은 없고 여기저기 외인출입금지 푯말만
버티고 있는 절에 와서
요구르트 한 바구니 앞에 둔 부처 만났네
살아있는 유산균으로 몇 천년 버티겠다는 듯
잔잔히 웃는 그가 우스워
나뭇잎처럼 나는 키득거렸지

절에 왔으니
작은 깨달음이라도 얻어야 하는데
돌을 보고 세상을 달리 보거나 마음의 쓰레기를
휙 버리고 오거나 해야 하는데
그래야 시인 같은 건데

괜시리 벽화 보고 웃고 걸음이 바뀌어도 나는
무거워지지 않네
천상의 바람이 느티나무 잎새와 간음하는지
어디선가 향내음이 문어발처럼 흐느적거리고

계곡에서 흘러나온 또랑물은

연꽃 자라기 알맞게 썩어 있는데 연꽃은 없고
모서리를 돌아서니
목불이 한 천개쯤 앉아 있는 게 보이더군
오래 된 먼지 빛나는 나무부처들 보다가
그 오래 된 것들과 나란히 앉은
시멘트나 플라스틱으로 된 부처들 보았지

가까운 문방구만 가더라도 값싸게 널린 부처들이
점잖게 앉아 있는 모습
함부로 생산되었을 것 같은 그 부처들을
정중히 모실 줄 아는 마음들 나는 잔잔히
물결처럼 구겨졌네

나 아직 이십대

꽃처럼 무너지던 시절 있었네
나 아직 이십대 늙은 사내처럼
추억을 말하네……
내 가슴 한켠에 자갈 하나 던져두고
사라져간 물결 있었네
그 물결 속으로
그리움의 나뭇가지를 꺾으며 나는
제발 내게 기적이 없기를 빌었네
삶이 전쟁이므로 사랑도 전쟁이었고
나의 샤먼 그대는 나를 적시지 않았네
세상에 대한 알 수 없는 적개심
나 휘발유 같던 시절 있었네
자폭하고 싶었지 나 아직 이십대
그대 내 전부의 세상
그대는 바뀌지 않았네 나 참을 수 없어
몸을 떨었네 휘발유 같던 시절 있었네
지난날에 발 담그고 나는
구시렁거리네 철든다는 것은
세상에 대한 노여움으로부터

자신에 대한 노여움으로
건너오는 건 아닌지
나 아직 이십대 개떡 같은 사랑,
이야기하네 왜 나, 나의 사랑을
과거의 일로 돌리려 애쓰는지
눈에 보이는 모든 것이 그대였으므로
나는 외로웠네
모든 바람은 새로웠지만
낯익은 것들이었네 폭풍이 몰아쳐
그대 조금 흔들렸지만
내 몹쓸 사랑, 꽃처럼
무너지던 시절 있었네

이중섭의 소

자신의 뿔로 들어가기 위해 소는
뒷다리를 뻗는다 서귀포에서 부산에서
뿔로 들어가 단단한 힘이 되어
세상의 고름을 터뜨리리, 소는 온몸을
뿔 쪽으로 민다 소의 근육을 따라 툭툭
햇살은 튕긴다 앞다리 들어 펄쩍
들어가고 싶다 소가 뛰면
뿔도 뛴다 젠장 명동에서 종로에서
뿔로 들어가고 싶은데 뿔은 또
저만치 앞서 있다 참을 수 없어 소는
속력을 낸다 뿔은 또
멀리 달아나고 뿔로 들어가고 싶어
소는, 나는
일생을

제 3 부

그리고 나는 떠난다

먹어도 먹어도

먹어도 먹어도 배부르지 않다는 농심 새우깡처럼, 아무
리 그리워해도 나의 그리움은, 채워지지 않고, 바삭바삭
금방 무너질 듯 마른기침을 토하며, 그리워 그리워해도 그
리움은, 질리지 않고, 물 같은 당신께 닿으면 한꺼번에 녹
아 버릴 듯, 왠지 당신의 이름만 떠올라도 불길처럼, 먹어
도 먹어도 배부르지 않는 그리움은,

율도 1

　전기 용접기 찌르르르 이곳에 새벽을 붙여놓는다 청담동 건영아파트 현장 인부들은 삽으로 햇살을 썩썩 잘라 쓰레기와 함께 시멘트 포대에 담는다 몇개의 햇살이 후닥닥 자루 밖으로 튀어나온다 풀리지 않는 피로가 쓰레기를 따라간다 숙취는 누룩처럼 무겁고 알콜에 절은 육신은 오히려 쉽게 썩으리라 빈속에 자판기 커피 한 잔 마시고 파이프를 맨다 물탱크실 배관을 하러 옥상에 오르면 한강은 낮게 풀어져 서울을 들고 있다 도시는 스티로폴처럼 물위에 둥둥 떠 있다 이 도시는 너무 가볍다 부초처럼 뿌리박지 못한 채 어디로 흘러가는지 올림픽대로 위 차들은 일당처럼 날아간다

이 여름 피서 못 가고
용접을 하네

용접기는 쓰르라미 흉내를 내고 나는
선글라스 대신 용접면 쓰고
장갑 끼우고 웬지
용접기처럼 쓸쓸해지네

실속 없게도 남들은 다 이어주고
자신은 그 누구와도 화끈히
붙어보지 못하는 용접기여
백 채의 집을 지어도 내 집은
하나 없구나

저녁에 눈과 팔 다리 후끈거리고
얼음으로 찜질해도 화상입은 것처럼
몸 속 열기 빠지지 않네

이걸 썬탠이라고 하나
용접하고 껍질 벗고 붉고 검게
익어버린 내 몸뚱이

　허물 다 벗겨져도 내 크기는 변함 없고 마음은 자꾸 알
속으로 들어간다 한세상 이룰 꿈 없이 알은 깨어지고 징그
러워라 유리솜 같은 터럭들이여 세상을 향해 돋아났던 믿
음들이여 나의 종교는 유리 같은 발톱 같은 것이었다 해머

드릴로 벽을 까다가 나는 누군가 살아갈 방바닥에 오줌을
눈다 이 오줌 위에 한 가정의 안녕과 행복이 놓여지리라

사람의 체온

아파트 공사장에서 몇 달을 지내다보면
내 조그만 월세방에서 밥 먹고
잠잘 수 있다는 것이
고맙게 여겨집니다
전철 공사장에서 또 몇 달 보내고 나면
전철 타는 게
예사롭게 생각되지 않습니다
야근과 특근, 때론 밤샘으로
위태롭게 쏟아부은 피곤의 무게가
그토록 부드러운 바퀴로
굴러가는 것을 보면
허무라든가 절망이라는 말들이
쥐새끼처럼 달아납니다
현장에서 몇 년을 비비다보니
어디서건 노동은 따스함으로 다가섭니다
집들이에 가거나 개업식에 가서
수도꼭지를 틀어보기라도 하면
나와 같은 노동자들의 땀방울이
콸콸 흘러나와

때묻은 내 손을 닦아줍니다
밤늦어 귀가하여 전등을 켜면
딱딱한 스위치에서
전기 통하듯 찌릿찌릿 느껴지는
그 무엇이 있습니다

그리고 나는 떠난다

포크레인 레일에 부드러이 목 부러진 노란 민들레여
잘 있거라 안양 평촌 럭키아파트 현장이여
스티로폴 깔고 내 누웠던 지하 창고여 푸석푸석한
피곤의 밥알을 씹었던 함바여
잘 있거라 나의 입김과 오줌이 닿은 곳마다
누런 꽃 피운 곰팡이여 파이프를 자르다 부러졌던
쇠톱날들이여 못과 시멘트벽에 긁혀 도드라진
팔과 다리의 상처들이여 잘 있거라
내 것이 아닌 것들을 사랑하며 동전 같은 땀방울로 나는
행복했다 우리의 땀이 딱딱히 영글어 그대 몸뚱이
낱낱의 세포인 벽돌들이 쌓이고 전기가 피처럼 돌고
그대는 성숙한 몸을 가지게 되었구나 그 무엇이든
오래 만지면 영혼이 생긴다는 것을
나는 알았다 잘 있거라 거북처럼 말없는 그대여
그대 몸 구석구석 나의 땀과 배설물이 묻어 있음을
잊지 않으리 그대를 놓치고 싶지 않음은
사글셋방 사는 나의 욕망 때문만은 아닐 것이다 야근과
특근으로
그대 만났고 나는 간다

기억은 황폐함마저 부드럽게 만들어 나를
식물처럼 풀어놓는다 이토록 그대 살아나기까지
몇번의 주먹다짐이 있었고 비가 많은 날들이었다 삐꺽이는
허리를 끌며 나이든 잡부 김씨는 먼지에 앉아
담배를 피운다 연기 따라 김씨의 지난날이 하늘 향해
날아오른다 잘 있거라 부수어지기 위해 만들어진
자재창고여 낙태된 살덩이 같은 쇳조각들이여 염불 못
외워도
너희는 아름다운 나라로 가서 다시 태어나야 하리라
오랜 시간 뒤에 그대를 잊고 싶어할지도 모르지만
거대한 책꽂이 같은 그대 가슴에
몇 백개의 인생이 빼곡히 꽂히고 나는
떠난다 콘크리트처럼 딱딱해진 손발로
내 누울 방 한칸 지으며 부수며

버려진 것들은

버려진 것들은 얼마나
조용한가 낡은 몸 한 모퉁이에
납 같은 추억을 되새김질하면서

제 무게에 자기 육신이 무너지면서
천천히 먼지 쌓이는 걸
거부하지 않으며 과거의 반짝임을
떠벌리지 않는 것들은 얼마나 깊이
생각에 잠겨 있는가

세상의 물을 다 끓여보았다는 듯
웃는 저 구리 주전자
허공이나 일구어야겠다는 듯
녹슨 날을 버리지 않는 쇠스랑

세상 밖으로 버려지지 못하고
아무도 거들떠보지 않는데 잠자코
독이 되어가는 것들은 얼마나 오래도록
칼 갈고 있는가 삭아지지 않는 분노를

다시 씹으며

자기를 버린 자 쪽으로 악취 홀리며
이 악물어 말하지 않는 것들은
얼마나 지독한가 버린 자를 버리기 위해
그들 속으로 썩어가는 것들은

도깨비집

그 집엔 도깨비가 사는지도 몰라
새벽이면 대문을 여닫는 소리 들리고
해가 뜨면 조용해진다
먼지들은 먼지의 길로 시간을 날라다 쌓고
무서워서일까
종일토록 아무도 들어서지 않는다
지나는 나무꾼 없고 선녀는 더더욱 없이
지루하게 태양은 닫힌 그 집을
주물럭거리다가 팽개친다
밤중이면 불이 켜지고
도깨비 방망이 뚝딱 하는지
그릇 소리 달그닥거린다 잔치를 하는 걸까
이따금은 술잔이 오가는 게 창에 비치고
침침한 불빛 아래 자정까지 혹은 그 너머까지
딸깍대는 소리 들린다 틀림없이 그 집에는
도깨비가 살고 있을 것이다
지나가는 사람들은 그 집에
함부로 접근하지 않는다 이따금
길에서 노는 아이들의 종이비행기가

그 집으로 들어가기도 하지만 아이들은
담 너머 들어갈 생각을 하지 않는다
어스름에서 얼핏 본 그 집의 도깨비는
사람의 형상을 하고 있다
방망이는 어디에 숨겨 두었는지 보이지 않고
느닷없이 천년 전에서 걸려오는지
전화벨이 울리기도 한다
그 집엔 도깨비가 살고 있다
나와 아내가 매일 새벽에 나오면
텅 비는 그 도깨비집

율도 2

첫눈 오지 않았지만 일산 신도시 건설 현장은 겨울입니다 이 집 다 지어도 나의 것이 아니라는 절망은 겨울로 서둘러 들어섭니다 바람은 차고 우리는 옹기종기 모여앉아 모닥불을 피웁니다 합판 쪼가리며 각목을 부러뜨려 우리는 잠시 따스합니다 태양은 모닥불보다 작게 멀리서 자신의 언 손에 입김을 불고 있습니다 누구도 태양이 뜨거워질 날을 기다리며 쪼그리고 있지는 않습니다 믿고 싶은 건 일당처럼 동그란 모닥불입니다 점심 시간이 다 지나가도록 박스를 태우고 더러는 석유를 붓습니다 숲에서 몇 십년을 살았을 나무들의 목숨에 비하면 저 불꽃은 얼마나 보잘것없나요 볼품없는 모닥불로 우리는 졸거나 꿈을 꿉니다 모닥불이 자꾸 자라 새로운 태양 되어 바람처럼 고루 퍼지는 날을 꿈꾸는 것은 아닙니다 나무의 젊은 넋들 불태운 저 불은 혁명이 아니지만 잠시 쉬는 동안 우리는 따스합니다 다시 망치를 잡으면 그 불을 잊고 먼지 속에 일상을 세워야 하는 우리는 둥글게 둥글게 앉아 있습니다 둥글게 살아오지 못한 저마다의 삶이 모닥불 위에 오징어처럼 오그라듭니다 모닥불은 태양을 흉내내며 길게 혀를 내밀어 우린 한때 모닥불이 태양의 아들인 줄로 알았습니다 너무 깊게

믿었으므로 절망은 길었지만 우리는 알고 있습니다 면도날
같은 바람이란 표현을 알게 한 추위 속에서 조그만 이 모
닥불이 겨울 나게 하리라는 것을

저 포크레인

긁히고 상처난 팔로
그렁대는 포크레인

뼛속 비어가도
그저 기름 있으면 일은 멈추지 않는
싸워 뺏을 줄도
등쳐먹을 줄도 모르는
일한 것마저 다 챙기지 못하는
저 대책없는

트럭이나 불도저 같은 형제들보다 먼저
험한 땅에 발 딛고
뒤따른 트럭에 한짐씩 채워주는
채워주고 채워줬다는 말도 못하는
내 큰형 같은

숨은 턱에 차 컥컥대면서
쉬지는 않는
일구어 온 세월의 허방으로

힘겨운 노동의 댓가는 흘러가는데
일 욕심만 많은
저 미련한 노동자

가꾸어온 것 다 비워버리고
겨운 제 팔에 온몸을 기대고
푸욱푹 담배를 피워대는
저 중년 사내

또 어디 가서 일에 미칠 궁리 하는지
주둥이는 조그만데 팔뚝만 커진
저 인간

애벌레들

점심 먹고 쉴 참이라 굴다리 아래
스티로폼 깔고 드러눕는다 불볕이라
가만히 있어도 땀이

방에 들어서듯
스티로폼 밖의 땅에 신발을 벗어두고
양말을 벗고 드러눕는 사람들
한 채의 집, 한 채의 널, 한 채의

소금꽃 핀
작업복 묻어 있던 먼지
반쯤 미친 불운이 함께 누워

뒤척이다 가만 보니 스티로폼은
무슨 벌집 같은 무늬를 가지고 있네
그 안의 희고 둥근 애벌레
꿈틀거리지 않고
날아갈 날을 잠자코 기다리는지

스티로폴 깔고 누운 우리들도
웅크리고 있는 모습이
날아갈 꿈 없이,
애벌레 같네

바람은 불지 않아
더위 날릴 바람은 불지 않아
이 일상에는 낡은 허물 벗어버릴
바람이

율도 3

새로 사온 정과 망치로 콘크리트
바닥을 깬다 정을 두드리는 소리 똑똑똑
목탁소리 같다
이거 잘 안 깨지는데 말하는 나는
염불이 퉁명스러운 땡추
부서져야 할 것은 단단하고
정 끝이 자꾸 문드러진다 진흙 같은 욕망이여
욕망을 버리고 싶은 욕망이여
불을 지펴 정을 달궈 그 끝을 다듬는다
담금질 끝내고 다시 콘크리트 바닥을 깬다
순식간에 뜨거움과 차가움을 지나온 정은
산전수전 다 겪었다는 사내처럼
단단하다 딱딱한 콘크리트에 부딪쳐도
겁먹지 않고 머뭇대지 않는 정이여
인사불성의 내 열정이여 (하긴 인사불성도
불성은 불성이겠지만) 깨야 할 게 어디
이것뿐이겠느냐 똑똑똑
정과 망치 자꾸 부딪쳐서
정이 박혀 들어가고 틈 없던 시멘트 바닥

금가기 시작한다 부딪쳐야
변화가 온다는 것을 공구들은 내게 가르치고
사는 게 수행이지만 땡추는
깨달음 없이 정을 친다
깰 것 다 깨지지 않았는데
정 끝이 툭 부러지고
패배가 주는 가르침이여
다시 정을 불 속에 넣으며
생각한다, 안팎이 단단하거나
안팎이 물렁한 것은
아무것도 깰 수 없음을

율도 4

레미콘 차들이 줄지어 서 있습니다
윙윙 울어대기도 하고
어떤 것들은 궁둥이 쪽으로
무슨 타액 같은 것을 흘리기도 합니다
마치 우렁이처럼 착하게 보입니다

가을 깊어갑니다
싸늘하여 옷을 껴입을수록
나는 자꾸 작아집니다

개펄을 메워
자동차 공장을 짓습니다
철제 빔으로 된 건물의 구석이나 천장에
나처럼 검은 짐승들이 매달려 있습니다

해산하는 산모처럼 소리지르는 레미콘 차들
결이 촘촘한 헝겊 같은 먼지들 사이로
우리들 몸뚱이는 땀으로 범벅입니다

아무 건물이나 꼭대기에 오르면
바다가 보입니다
착해 보이는 짐승, 배들이 둥둥 떠 있습니다

하늘 높으면 멀리 외딴섬
내 안으로 자꾸 해가 집니다

방독면을 쓰지 않으며

무슨 전쟁이 일어났냐구요? 방독면 얘기만 나오면 겁난 다구요? 오락실에서 아이들 뿅뿅하듯이 누군가가 스위치 한번 누르면 식칼에 잘린 오리 모가지처럼 피 질질 흘리고 파닥거리게 된다는 걸 왜 모르겠어요 지하철 공사장 먼지 많아 무슨 안개 바다처럼 자욱하지요 저승 가는 길이 이토 록 흐릴까 날리는 시멘트, 돌, 쇠의 가루들 여기 있으면 골초들도 담배 물 수 없어요 이번 기회에 담배 끊으라고 며칠 전 후배가 그러더군요 먼지들의 폭설 내 목숨을 팔 분씩 줄이는 건 담배가 아니라 이 작은 먼지들이겠지요 화 학탄 생물학탄 원자탄이 떨어진 게 아닌데도 공사장은 화 학탄의 효과가 그대로 나타나요 하도 먼지들 많아 일하는 사람들 방독면을 쓰고 다녀요 처음엔 눈이 따갑고 침침해 지고 눈뜰 수 없고…… 진폐증이나 다른 그 무엇으로 사망 에 이를 수도 있겠지요 하지만 난 방독면 쓰지 않을래요 더 버텨볼래요 그 냄새나는 수돗물도 식수로 지장없다는데 이까짓 먼지 따위가 폐에 무슨 영향 끼칠라구요 금연 구역 만들고 담배에 찌든 폐를 멀티미디어로 보여주고 한 대 피 운 담배가 옆 사람의 생명까지 단축시킨다고 난리들이지만 그것 다 인정하더라도 담배 끊고 싶지 않아요 인간의 수명

자꾸 길어지는 게 이상해요 몸에 안 좋다는 게 많아질수록
목숨은 계속 늘어나잖아요 어쩜 폐수나 매연 속에 과학적
으로 밝혀지지 않은 성분이 들어 있어 노화를 방지하는지
도 모르잖아요

땀 흐른다

땀 흐른다 러닝셔츠 축축이 적시며 검은 땀 흐른다 맨몸
인 하늘에 먹구름 두툼한 외투 덮이면 하늘이 땀 흘린다
방울방울 떨어지는 빗방울 하늘이 땀 흘리지 않으면 나는
더 땀 흘린다 이 허공을 무언가로 메워야 하는 것이 시간
의 길이던가 땀 흘린다 하늘이 땀 흘리고 나 땀 흘린다 땀
흐르는 팔뚝에 햇살 흐르는 것이 보인다 땀이 빛의 길이네
흘러가는 빛을 따라가면 사람들 살 집이 생기고 마을 생긴
다 이렇게 가을 온다 농부들 땀 흘리고 나 땀 흘리고 들판
의 것들 모두 땀 흘린다 식물까지 땀 흘린다 보라 나락들
참았던 땀방울 단단히 익어 열매가 되는 것을

제 4 부

홍수 속으로

노   래

저들이 말하는 저들의 역사
반드시 삭제되어야 한다

노예여
우리, 핏빛 황토에 발을 심고
만적을 얘기해도 좋으리라

내게 낫을 주오
쇠스랑 주오

콱!

그는 위대하므로

그가, 특정 개인만은
아닐 수도 있다는 것이 우리 역사의 슬픔이다

이제 그를 사형장으로 끌고 가자 그곳에서 그가 주정 아
닌 목소리로 눈을 부릅뜬다면 돌멩이로 그의 대가리를 찍
자 그는 위대한 군인이었으므로 의사의 최후가 그러하듯
장렬한 죽음을 맞게 하자 그는 위대한 정치인이었으므로
그의 머리를 잘라내어 유리관 속에 알콜 속에 보관해 두고
이것이 쿠데타 주범의 두골이라고 후세들에게 알리자 고등
학교 교과서에 나오는 그의 시절에 주를 달아 그는 쿠데타
뿐 아니라 민중 학살까지 자행했다고 말하자 그는 위대한
대통령으로 철저한 반공주의자였다는 것과 과감히 단호히
양심수 석방 투쟁에 빤스 벗고 반대했음을 광주항쟁 피해
자들을 몇푼 돈으로 입막게 하려 했음을 우리의 후세들이
잊지 않도록 두고두고 교육시키자 그는

사람이 아니었다고 !

동무야 우리의 발걸음은

동무야 우리의 발걸음은
당대를 위한 것이냐 저문 한때를 기억하면서
우리가 진 사랑과 희망은
누구를 위한 것이냐 말하라
미쳐 우리는 함부로 작두 위를 걸어다녔고
신내림 없어 몸만 망쳤다 길을 가자
신문들은 부수를 늘려가고 대개의 뉴스는
폐지공장에 배달된다
길의 처음은 나무 있는 숲이었는데
이 길의 끝은 어디냐
날개 접고 착륙하는 공장들은
최루탄 같은 연기를 뿜으며 하늘에
죽음을 인쇄한다 완성이 없는 사랑처럼
악한 자에게 벌주고 선한 자가
복 받을 거란 믿음은 이루어지지 않는다 나는
죽음을 포기한다 누구에게나
자신을 허락하는 길 위를
길이 되지 못한 자들만 걷는다
돌아가지 못 할 길을 우리는

어디쯤 온 것이냐 최루가스는
잉크 분사식 프린터처럼
현대사를 기록했고 모든 길은
이전엔 길이 아니었다 어느 시대에도 혁명은
세일 기간이 없었고 언어의 아름다움은
…… 동무야

당대는 가려워

수유리로 이사를 오고부터 아내는
온몸이 가렵다고 한다
4·19 묘지에선 무덤들이 밤낮으로
세상에 수유하고
둥근 젖통에 죽은 자들이 들어가
세상을 향해 보내는 저 푸른 젖을
사람들은 먹지 않는다
아내와 나도 그 젖을 빨지 않고 역사는 가벼이
담장 너머로 사라진다
초저녁부터 TV에 푹 빠진 아내는 요즈음
신문을 보지 않는다 드라마를 보며
자꾸 겨드랑이를 긁어댄다
에프킬라를 구석구석 뿌리고
구충제를 먹고 나서도 그녀는 계속
가려워한다 그녀의 가려움증은
집안의 파리나 바퀴들 때문이
아닐지도 모른다 보이지 않는
죽음이나 희망이라는 벌레가 그녀를
괴롭힐 수도 있다 그녀의 가려움증은

집을 나서서도 계속된다 어쩌면 그것은 20세기의
어느 허술한 골목에서부터 비롯됐을까
어깻죽지 가렵다고 긁어주면
어느새 등 전체가 가렵다 한다
월세를 내고 신문을 보면서
그녀는 자꾸 가렵다 삼십 년 전의 폭도들이
합법적으로 열사가 되고
붉은 신호등 앞에서 차들은 득득
도로의 어딘가를 긁어준다 왜일까 찢긴 신문엔
시원한 개혁이라 적혀 있는데
나뭇잎들 손 손 손 펴서
바람의 허벅지께를 긁고 있다
날마다 수유리에서는 서로 득득
긁어주는 소리 들려온다

오   월

추모합시다 추모합시다
라고 말하면 퉤 퉤 침 뱉듯
진달래 진다

정처 없는 노래 부르며 우리는
오월을 말하지만 어떤 외침으로도
어떤 고백으로도
오월에는
뉘우침의 끝에 닿을 수 없다

4·19 묘지에서

저리도 많은 젖가슴 달고
정신이여

평생에 풀어내지 못한 말들이
풀로 돋아

젖내음 같은 바람 불고
호랑나비는 하늘을 찢지 않으며 날아간다

흰 삐비꽃 모유처럼
무덤에서 울컥 쏟아져나와
길 없는 곳을
걸어간다

그해 봄은

살점이듯 진달래꽃 떨어질 때마다
총성이 울렸다 뉴스를 감추며 신문은
발행되었고 광주에 간 형은
돌아오지 않았다 부고 없는 죽음이
마을의 집 사이에 꽂히고
함석 쪼가리 같은 어머니 가슴에 안겨 나는
어머니가 녹스는 소리를
환청으로 들었다 세상은 아득하여
날아갈 방향을 허공에 물으며 새가 울고
흉칙한 날들이 내 곁을 지나갔다
전화는 불통되었고
치욕의 자궁 속에서 책가방을 윗목에 두고 나는
무서운 소문들이 울퉁불퉁한 마을의 길을
서성거렸다

두만강 푸른 물

파고다공원에 갔지 비오는 일요일 오후 늙은 섹스폰 연
주자가 온몸으로 두만강 푸른 물을 불어내고 있었어 출렁
출렁 모여든 사람들 그 푸른 물속에 섞이고 있었지 두 손
을 꼭 쥐고 나는 푸른 물이 쏟아져 나오는 섹스폰의 주둥
이 그 깊은 샘을 바라보았지 백두산 천지처럼 움푹 패인
섹스폰 속에서 하늘 한자락 잘게 부수며 맑은 물이 흘러나
오고 아아 두만강 푸른 물에 님 싣고 떠난 그 배는 아직도
오지 않아 아직도 먼 두만강 축축한 그 섹스폰 소리에 나
는 취해 늙은 연주자를 보고 있었네 은행나무 잎새들 노오
랗게 하늘을 물들이고 가을비는 천천히 늙은 몸을 적시고
있었지 비는 그의 눈을 적시며 눈물처럼 아롱졌어 섹스폰
소리 하염없을 듯 출렁이며 그 늙은 사내 오래도록 섹스폰
을 불었네

만 손 리

아버지의 벌렁코를 닮은
본남골 코빼기산 콧등 어디쯤
죽은 하네의 무덤이 있다

코빼기산 가는 길 어덕마다
콧구멍처럼 검은 금구뎅이 열 몇개
더러 지하수 나오고 여름에도
한기가 솟아 귀신 나올 것 같은 굴속에
내 유년은 저장되어 있다

젊은 사내의 수염처럼 검푸른 소나무들
세월의 몹쓸 벌레 솔껍질 깍지벌레에 허옇게 말라버리고
산판 끝난 앞산
아버지 머리는 반쯤 벗겨지고

아버지처럼 자식 욕심 많아선가
마을 앞 늙은 쥐엄나무는
가지가지에 쥐엄을 치렁하게 매달아 놓고
오늘은서울서누가올랑가

이마에 손 얹고 신작로 바라본다

아버지의 주름살로 굽어 돌아가는

고요한밤거룩한밤

　부러진 나뭇가지는 떨어져 마당 구석에 쪼그려 앉았다
허공을 뜯어먹으며 눈이 내렸다 거리의 캐롤송에 그라인더
가 돌고 형의 손가락은 종소리처럼 날아갔다 담장이나 마
당에 드러난 홈집마다 눈이 고름처럼 고였다 월급날 형네
방에서 유리 깨지는 소리가 났다 형은 깨어진 창 밖으로
살덩이 같은 울음을 흘려보냈다 때려치우지그래요 나는 말
하며 형의 얼굴을 보지 않았다 그 어디에선가 두만강 푸른
물에 늙은 사공은 밤늦도록 노를 저었다 이웃간에는 얼굴
없는 소리들만 오고 갔다 눈은 왜 그리 무거워 보였을까
오동나무 가지는 뚝뚝 부러지고 있었다 잘렸던 형의 손가
락엔 옹이가 생겼다 형은 땅속에 심어진 듯 눈을 맞고 있
었다 불빛에 얼보인 형의 밑동은 가늘게 보였다 오래 된
가로등은 충혈된 눈을 새벽까지 깜박거렸다.

어떤 겨울

눈이 내렸다
대입 원서를 들고 형은
서울에 갔다
떨어졌으면 좋겠다고
아버지가 말했다 어머니는
지문을 풀어
멍석을 짜나갔다
찢긴 손가락을
전선용 테이프로 감았다
고지서는 눈처럼 쌓여갔다

합격 통지서를 받은 형은
공장으로 갔다
아버지는 끊었던
술을 마셨다
날리는 눈들이
백기처럼 느껴졌다

오 리

지하 집수정으로
세상의 때 벗겨 지친 물들이
누렇게 뜬 얼굴로 흘러듭니다

둥둥 뜬 스티로폴

내 어린 시절 둠벙이나 저수지에
둥둥 뜬 흰 오리떼

젊은 아버지의 희망이었던

알 수 없는 병에 몰살당한 오리떼
저 숭숭 구멍난 스티로폴

아버지 빠르게 늙어가고

지하 집수정으로
아버지의 주름살처럼 접혀진 물결들이
졸졸졸 흘러듭니다

일식에 대하여

　화살촉 같은 햇살이 톡톡 부러지기 시작했다 눈이 닿는 곳마다 어둠이 걸려 있었다 그날, 남아 있던 남새밭이 아버지의 화투짝에 그림으로 박히었다 만취한 아버지는 방바닥에 껌처럼 달라붙었다 어머니는 깨진 장독에 울음을 쏟아부었다 아버지는 담장 너머로 컹컹 짖어대며 옷 입은 채 자꾸 배설을 하였다 나는 참을 수 없는 욕지기를 뱉어냈다 죽어라 이…… 소리질렀지만 별들은 추락하지 않았다 산은 빈방 이불처럼 웅크렸다 일식이야 누군가 말했다 인분처럼 물컹거리는 어둠 속 저 사내는…… 내장 속 같은 악취가 문밖으로 기어나갔다 용서해다오용서해다오 아버지는 내 주위의 장판을 쓰다듬었다 형광등이 푸드덕 날개를 폈다 어머니는 물처럼 잔잔했다 그녀는 걸레로 아버지의 역겨운 흔적을 닦아내고 있었다

그 가을을 기록한다

　그 가을, 숙모는 외출한 지 이 년이 넘었고 술 취한 숙
부는 이년이년 욕해댔다 어떤 날, 불빛은 밤새도록 하수구
로 흘렀고 더러운 먼지들이 먼 곳까지 날아갔다 대륙의 한
켠에선 시장경제가 부활했고 거리의 사람들은 대개 우익에
가방을 메고 다녔다 서울의 변두리 죽을동과 살동의 사이,
열차는 쇠사슬 끄는 소리를 내며 지나갔다 자본 없이 늦도
록 자본론을 읽으며 나는 그을음처럼 천장으로 올라갔다
나의 길은 보이지 않았고 잠든 아우를 덮은 이불이 무덤
같았다

자리잡다

  푸른 사마귀가 목뒤에 자리잡은 그는 과묵한 사람이었다
은행나무 커다란 집에서 그는 아버지처럼 부지런을 부적으
로 안고 살았다 한 이십여 년 논밭 깊게 쟁기질해 빚만 심
은 그가 고향을 떠났던 때는 은행잎 노랗게 달 뜬 보름이
었다 떠나기 전 집집을 돌며 소주 몇 잔 걸치고 아재아짐
자리잡고설에올께라이 그의 말처럼 은행잎은 뚝뚝 떨어지
고 몇 년이 지나도 그는 오지 않았다 그에 관한 이야기는
봄날 눈발처럼 전해졌다 서울 어딘가서 미장이 일을 한다
는 그는 아들 둘을 대학까지 보냈단다 그가 살던 낮은 집
은행나무 옆은 쓰레기장 되고 그가 돌아온 것은 십오 년
만의 일이었다 그 동안 자리를 잡긴 잡았는지 커다란 차에
서 자식 손주 십여 명이 우르르 내렸다 그는 말이 없었다
살았던 집을 한바퀴 돌고 무슨 할말 있는 것처럼 퍼렇게
우거진 은행나무 곁을 지나 더는 흔들리지 않을 자리를 잡
았다, 누웠다 무덤 속에

제비제비 울던 제비

오랜만에 고향집 왔더니
전화선에 웬 신문지 나풀거리고 있네
하도제비들이앉어싸서자꼬전화선이끊어지드니
저거붙여노먼안날라온다고그라길래해봉께
참말이드라 어머니는 주름살 같은
옷 개며 말하였네

나 어려 처마 밑 제비집 보고
강남서 온다는 그들이
우리를 보살피고 있다는 생각했었지
흥부전을 본 탓이었을까
강남 어딘가서 제비가 물어 온 박씨 한 알
황금을 낳고 집을 낳고
건강한 사내를 낳고
내가 모르는 내 오랜 어머니를
낳았으리

그 제비들 그래서
처마 밑 떠나지 못했으리

둥근둥근 마을길 봄으로 깊어가는데
오랜만에 찾아온 고향집
제비제비 울던 제비
날아오지 않네

제암산을 본다

제암산을 보면 장흥 땅 전체가
그 산으로 집중된 느낌이 든다 과장하면
전라도가 한반도가 그곳으로 모아져
탱탱히 부풀어오른 산

남해는 여인처럼 찰랑거린다 길게 혀 빼어
그 산을 핥아댄다 몸을 뒤채며
잠이 오지 않는다는 듯 거칠게
숨을 토한다

산등성이 자진모리로 꿈틀거린다
지가 무슨
지가 무슨 한반도의 자지라고

산꼭대기 햇살 받아 흰 바위 상대바위
절정에 다다른 산이 참지 못하고 뜨겁게
토해낸

오랜 세월 동안 이 땅의 사람들은

산을 닮고 태어나
산이 되어 죽는다

홍수 속으로

너의 뿌리도 흔들리는가
총열 같은 빗속에
사랑아

굽이치는 물결 속에
덜 익은 수박과 돼지 새끼들 사이 너는
허우적대며 뿌리 보이지 않고

발 동동 구르며 나는
살아왔구나

너에게로 간다 너를
건질 수 없어도 사랑아
함께 떠내려가더라도

아우성 속에서는 아우성 되어
늪 속에서는 늪이 되어 더 깊은
수렁이 되어

미래에서 보기 또는 방법적 시선

황 현 산

　문학에서 사실을 충실하게 묘사하려는 노력의 가치가 그로써 있는 그대로의 현실을 객관적으로 파악할 수 있다는 데에 그치지는 않는다는 점이야 말할 것도 없다. 사실을 묘사하려는 욕구는 현실을 우선 하나의 장막으로 보는 의식에서 비롯할 것이다. 현실이 벽일 때 그것을 벌써 표현하고 있는 말들도 그 벽 앞에 세워진 또 하나의 벽일 뿐이다. 알려져야 할 모든 것이 알려져 있다고 믿는다면, 사람 사는 일은 늘 뻔한 것이 되고, 아무리 비루한 것이더라도 현실은 이제까지 그렇게 될 수밖에 없었듯이 앞으로도 그렇게 될 수밖에 없는 것으로, 말하자면 최선의 상태로 여겨진다. 그 앞에서 용기는 늘 좌절된다. 그래서 사실을 묘사하려고 덤벼들기 위해서는 하나의 의지가 필요하다. 가령, 플로베르 같은 사람의 어떤 주장을 '일물일어설(一物一語說)'이라고 요약해서 말한다면, 그 '일어(一語)'는 한 사물에 대해 이미 인정된 일천 개의 말들을 부정하고 그 벽을 제거하려는 의지에 의해서만 얻어낼 수 있는 표현이다. 기존하는 표현의 집적에 첨가되거나 그와 병행하는 또 하나의 표현에 그치기는커녕 자기보다 앞선 말들의 질과 의미를 바꾸면서 그것들 전체를 통어하게 될 이 표현은, 마치 상징주의 시가 감각적 현상의 장막을 뛰어넘어 전대미문의 빛나는 세계를 보려 하듯, 관념의 장막 너머에서 한 사물의 선동적 힘을 불러내어 그에 대한 우리 의식의 마비상태를 일거에 깨뜨리는 절대적인 표현으로 될 것을 희망한다.

이대흠의 시가 물론 묘사에 치중하는 것은 아니며, 엄격한 의미에서건 허튼 의미에서건 그의 시를 묘사시라고 부를 수도 없다. 그러나 거의 언제나 일상적인 근심에 발목을 잡히고 있는 그의 글이 비범한 언어가 되어 일어서는 순간은, 뛰어난 소설가들이 그 묘사의 용기를 다짐하여 마침내는 주눅들린 사물에서 선동적인 힘을 뽑아내는 순간과 일치한다. 이대흠에게서도, 현실에 무슨 덤벼볼 만한 가치가 있다면, 그것은 현실이 장막이라는 점에 있다. 그가 자신의 시작(詩作)의 비밀을 반쯤 고백하고 있는 시 「마침표를 먼저 찍다」가 암시하는 것처럼, 한 시대가 내다볼 수 있는 전망의 아득함은 노동자로서의 그의 삶을 시작부터 "막장"에 몰아놓을 뿐만 아니라 시인으로서의 그의 재능을 한 줄의 글도 돋아나지 못할 불모의 상태에 세워놓는다. ".막장은, 마침표는 이전의 것을 보여주는 구멍이다 .그 캄캄한 것을 오래 들여다보면 한 세상이 보인다 <중략> .언제든 죽을 수 있으므로 고개 숙이지 않으리 .무겁다 .무거운 것들이 적어 세상은 무거워졌다 .대부분 이 짐을 지지 않는다 .마침표를 찍자 .여기서부터가 시작이다 ." 세상의 끝을 가정하는 사람이 매순간을 경건하게 살지 않을 수 없는 것처럼, 막다른 현실은 이대흠에게 그 재능을 무화시키는 자리이면서 동시에 매순간 독창적인 의지를 촉구하는 자리로 된다. 마침표를 문장 앞에 두고 있는 시는 이 시 한 편에 그치지만, 다른 모든 시들도 그 발상은 언제나 마침표로부터 시작한다.

이대흠의 시적 발상법에는 생존과 창조적 실천의 궁지를 그 자리에서 확인하는 시선과 그것을 외부에서 바라보는 시선이 하나로 합쳐져 있다. 이 내부적이며 외부적인 시선은 현실의 요지부동함을 철저하게 의식하는 순간 벌써 그 장벽을 트고 나간 자리에서 과거를 바라보듯 현실을 조망한다. 미래의 품삯을 미리 가불하기라고 해야 할까. 현실 속에 주눅들어 잠재해 있던 내일의 힘들은 시인이 열망하는 높이만큼 선동력을 얻는다. 시인의 과거를 거머쥐고 있는 기억과 그 현재의 성장·발전을 가로막는 장애였던 것들은 이제 시인이 자신의 창조를 위해 확보하려 했던 조건으로 된다. 그렇다고 해서, 시시각각 미래를 잡아당기는 이 창조가 현실을 떠나 무슨 순수 본질에 망명하는 일은 아니다. 시를 통해서라기보다는 시의 담론을 통해 낯익은 것이 된, 최초에 순결했으나 우리의 불순한 삶에 의해 실종된 본질 같은 것은 이대흠의 시에 없다. 이대흠의 관심은 언제까지나 불순하고 추악한 이 현실에 있을 뿐이며, 이 불순함이 다른 시간과 맺는 관계에 있을 뿐이다. 그래서 이대흠의 시만큼 그 미학적 성취 속에 그 현실의 악조건을 흔적으로 남겨두고 있는 시는 드물다. 그의 시가, 거기서 다루고 있는 소재와 무관하게, 시에 대한 시, 곧 메타시의 형식을 띠게 되는 것도 바로 이 때문이다. 다음은 산문시 「백설공주를 깨우지 마」의 마지막 부분이다.

숲에서는 눈 큰 짐승들이 썩은 나뭇가지 쪽으로 울음을 날리고 구름은 하늘을 둥그렇게 굴리고 있다 물소리 지워진 곳에서 물을 닮은 네가 울고 있구나 마귀여 무엇이든 될 수 있어 외로운 자여 공주의 아름다움은 정해져 있어 비극과 희망을 모르고 너는 아름다움을 찾아 지팡이 더듬거린다 마귀여 휘파람을 불라 인간들은 자신을 닮은 너를 애써 외면하려 한다 어떤 경우라도 절대의 아름다움이 있다면 인간 세상 아름다움

없으리 백설공주를깨우지마라공주가깨면마귀도나도잠들어야
하리

"공주의 아름다움은 정해져 있어 비극과 희망을 모르고",——
한 의식이 현실로부터 도려낸 자신을 완벽한 조화와 미의 세계
에 밀폐할 때, 자신의 처지와 그 희망를 가르는 그 두터운 벽에
의해서만 자기 확인이 가능한, 그래서 희망 없음만을 희망으로
삼아야 하는, 이 의식은 물론 불행하지만, 모든 삶이 천년 후로
연기되는 이 의식에게 비극은 없다. 무조건적 절대세계의 설정
을 위해서는 현실 조건을 무로 돌려야 하나, 그 일을 위해서는
도리어 그 조건들을 절대악으로 여겨야 하는 이 불행 속에 잠든
의식의 코미디와, 억압의 조건과 창조적 조건을 하나의 시선 속
에 통일하는 반복적 실천의 비극이 혼동될 수는 없기 때문이다.
게다가 저 코미디는 또 하나의 코미디, 현실 구성요소들의 양적
증가가 그 질적 변화를 대신하고, 그래서 모조품 만들기가 창조
와 구별되지 않는 자본주의 문화의 복제 코미디와 결합한다. 거
기에서는, 하나가 다른 하나를 부추겨, 절대세계를 환상으로
소유한다는 작은 위안과 그 소유의 덧없음에 대한 감상적 슬픔
이 같은 자리를 돌며 되풀이된다. 이 점에서 띄어쓰기 없는 마
지막 문장 "백설공주를깨우지마라공주가깨면마귀도나도잠들어
야하리"는 자본주의적 키치의 마비 효과에 대한 뛰어난 시적 직
관의 가치를 겸한다.

그러나 '백설공주'는 잠들어야 하되 또한 거기 존재해야 한
다. 그것은 계산할 수 있고 표현할 수 있는 현실 억압의 조건
속에 계산과 표현이 불가능한 창조적 조건이 포함될 수 있다는
약속과 다른 것이 아니기 때문이다. 주어진 조건을 그 속에 숨
어 있는 또 다른 조건과 함께 보려는 노력이 얼마나 먼 시간까

지 연장되어야 하는가를 알려주면서, 그 시간의 길이를 앎으로 써만 이 초인간적인 의지의 희생을 가장 적게 치를 수 있다고 다짐하는 약속이다. 공주는 잠들기보다 깨어나는 순간 무너져야 하며, 마녀의 더듬거리는 지팡이 끝에서 늘 다시 만들어져야 한다. 이 점에서, 잠든 미이라인 이 공주가 "긴 머리 휘날리며 룰루루루 노래"하며 아침마다 나타나는 다른 산문시 「사랑스런 미이라」는 이 '백설공주'의 속편이며 또한 그 해석이다.

그녀는 사랑을 말하지 않고요 누구든 사랑하죠 살찐 바람소리가 천지를 에워싸고 나뭇잎으로 옷 만들어 입고 팬티는 없어요 그녀는 항상 해가 뜨면 오지요 숲 속에서 룰루루루 짐승들과 싸우지요 사랑이란 지극히 순간의 감정이에요 백년을 약속하지 않지요 언제든 벗길 수 있는 본능이란 야성에 가까워요 그녀는 사랑에 목숨걸지 않지요 몇 천년 지나면 미이라가 되지요 미이라는 항상 항상 일곱시에 오지요 경쾌한 음악이 울리지요

천년을 미이라로 살고 있는 그녀가 우리에게 찾아온다는 것은 그 여자를 향한 우리의 노력이 지금 이 자리에서 날마다 실천된다는 말과 다르지 않다. 인간을 넘어서는 방식으로 존재하는 것은 인간에게 없는 것이나 같겠지만, 지금 이 자리를 벗어나려는 노력, 인간을 넘어서려는 노력은 인간에게 속한다. 잠든 미이라는 천년의 노력을 강요하지만, 그 노력에 대한 깊은 자각은 순간마다 세월을 천년씩 앞당긴다. 이대흠의 미학적 실천이 그러하다. 항상 미학이 실천되어 해뜨는 아침 일곱시마다, 그 실천이 이루어지는 그 자리에 그녀는 존재한다. 그리고 이 실천의 바탕에는, 미래 속에 벌써 자리를 트고 현재의 순간을 과거처럼

바라보는 방법적 시선이 있다는 점이야 다시 말할 필요도 없다.

이대흠에게 이 시적 실천은 매우 철저하고 구체적인 것이어서, 자각의 순간과 행동의 순간은 쉽게 구분되지 않는다. 방법적 시선은 실천을 끌어당기는데, 그 시선을 만드는 것은 또한 실천이다. 「이중섭의 소」의

> 뿔로 들어가고 싶은데 뿔은 또
> 저만치 앞서 있다 참을 수 없어 소는
> 속력을 낸다 뿔은 또

같은 시구에서, 그 뿔의 자리를 행위의 자리라고도 의지의 자리라고도 말하기 어렵다. 행동의 직접성이 뿔을 현재하는 것이자 미래에 당도할 것으로 만들고, 또 그 역으로 만든다. 주제와 그 시적 방법의 관계도 마찬가지이다. 그해 5월의 광주를 떠올리게 하는 시 「꽃핀 나; 검증 없는 상상」에서,

> 어느 암술에도 닿아보지 못한 채
> 봄날은 갔다
>
> 함성으로 만발한 꽃들
> 어떤 꽃 끝에도 여름은 없이

같은 시구로, 시인은 한 청춘의 가능성이 어떻게 억압받았는가를 말하지만, 이 '여름'이 계절이면서 동시에 결실이라고 짐작한다면, 무엇이 성공이고 무엇이 실패인지를 갈라 말하기 어렵다. 봄날 개화의 열망과 그 끝없음은, 그것을 표현하며 거침없이 만발하는 서정의 힘으로, 연기되는 여름과 결실의 실패를 벌

써 지워버리기 때문이다. 「책꽂이의 책이 내 삶의 단면이냐?」
의 마지막 몇개의 시구,

> 집어넣고 싶다 해탈하고 싶다 여인이여
> 나를 이끌 여, ……미치겠네 쓱
> 밀어넣고 싶은 이 딱딱한 이 지식이라는
> 이 성기

는 삶과 괴리된 상태에서 완고한 형식으로 축적되는 지식에 관
해 얼핏 말하는 듯하지만, 그것을 표현하는 시구 자체가 팽팽하
게 발기하여 차라리 그 지식을 구멍으로 삼는다. 삶과 지식이,
구멍과 성기가 구분되지 않는다.

> 너의 뿌리도 흔들리는가
> 총열 같은 빗속에
> 사랑아
>
> 굽이치는 물결 속에
> 덜 익은 수박과 돼지 새끼들 사이 너는
> 허우적대며 뿌리 보이지 않고
>
> 발 동동 구르며 나는
> 살아왔구나
>
> 너에게로 간다 너를
> 건질 수 없어도 사랑아
> 함께 떠내려가더라도

아우성 속에서는 아우성 되어
늪 속에서는 늪이 되어 더 깊은
수렁이 되어

　　　　　　　　——「홍수 속으로」 전문

　이 시는 아마 김수영의 「瀑布」와 비교될 수 있을 것이다. 두 시는 모두 결과에 대한 두려움을 모른 채 그 가진 힘을 모두 자기 열정이 지시하는 방향에 쏟아부으며, 그 실천의 현기증 속에서 충만하게 자기를 확보하는 존재에 관해 이야기한다. 김수영의 폭포는 "懶怠와 安定을 뒤집어놓은" 것처럼 "높이도 幅도 없이" 떨어지고, 이대흠의 홍수는 삶의 일상성을 뿌리째 흔들고, 사랑의 뿌리까지 흔들어 떠내려보내면서 하나의 사랑을 형성한다. 그러나 두 시는 같은 것만큼 다르다. 그 생애에 4·19가 최고의 경험이었던, 그래서 혁명이 한 정신의 순결한 구현이었던 김수영의 시는 고고하고 귀족적이다. 사회 변혁의 거듭되는 실패와 희망 아래, 자기 안에서 가장 저열한 것과 고결한 것이 맺는 관계의 발전과 한 시대의 발전을 동일시하지 않을 수 없었던 이대흠의 시는 다정하고 서민적이다. 폭포가 어떤 힘으로 떨어지건 그것을 고립된 것으로만 바라보는 의식은 구조적이고 정태적이다. 그 고매한 정신과 "金盞花도 人家도 보이지 않는" 어두운 세상 사이에는 분명한 경계가 있다. 그러나, 세상살이의 조건이 되고 운동이 되어 그것을 휩쓰는 것으로 표현되는 홍수는 시간적이고 역동적이다. 홍수의 아우성은 세상의 아우성이고, 홍수의 깊은 늪은 세상의 늪이다. 이 사랑하는 정신과 세상 사이에는 구별이 없다. 이대흠의 시집 전체를 지배하고 있는 또 다른 방식의 고결함이 아마 여기서 얻어질 것 같다. 이를테면,

자기가 짓는 집에 자기가 살지 못한다는 한 노동자의 한탄이 암시된 「율도 1」은 이렇게 끝난다 "해머드릴로 벽을 까다가 나는 누군가 살아갈 방바닥에 오줌을 눈다 이 오줌 위에 한 가정의 안녕과 행복이 놓여지리라" 이 구절에 조롱의 의미는 전혀 없다. 방바닥에 오줌누기는 그 한 가정의 안녕과 행복 속에 깃들어야 할 죄의식을 노동자 자신의 것으로 미리 떠맡는 일일 뿐이다. 그것이 사랑인데, 고결한 사랑이다.

김수영의 고매한 정신과 이대흠의 서민적인 고결함 사이에, 우리 시가 70년대와 80년대를 몸부림치며 얻었던 경험이 개입되어 있다고 한다면, 그 약점도 거기 간여할 것이다. 내가 보기에 이 약점 중에 가장 큰 것은 '희망의 알레고리'라고 부를 수 있는 그런 발상법과 표현들이다. 시에서 말이 지니는 의미의 확장이며 그 깊이의 심화인 상징과는 달리, 말과 사물의 교착 속에서 우연한 기회처럼 얻어지는 알레고리는 그 자체로서 고립된다. 이대흠의 시에도, 실천이 못 미치는 곳에서 희망이 고립되듯, 고립되는 알레고리들이 가끔 남아 있다. 예를 들어, 첫머리의 시 「불 속으로, 그 남자」에서, 세상인 불과 남자인 나사를 비유의 통일된 차원에서 이해하기는 매우 힘들다. 그것들은 한 시 속에서 각기 독립된 알레고리들이다. 그래서, 이 시가 표현하려는 바, 잔혹한 세상과 거기서 제 뜻을 펴려는 한 남자가 맺는 그 겉도는 관계의 헐거움은 현실과 알레고리가 맺는 관계의 그것이기도 할 것 같다. 모든 알레고리가 늘 그렇듯 뜻도 있고 힘도 있으나, 그것들을 둘러싼 것들과 그것들은 고립되고, 그것들 서로 고립되어 있다.

그러나 이대흠의 시는 그 자신이 가장 먼저 의식하는 이 힘의 고립으로부터 자신의 시적 입지를 발견한다. 그는 자신이 물려받은 유산으로서의 고립된 힘들을 그 미학적 실천의 궁지로 여기면서 동시에 발판으로 삼았다. 90년대 한국시에서, 흔히 힘의 상실처럼 이야기되는 것이 실은 힘의 확산이고 확대인 것을 그의 시가 증거한다. 그의 시는 스스로 힘찰 뿐만 아니라, 힘의 향방을 말해준다.

후   기

　무속에 관한 책 몇 권 읽고 나서, 직접 그들을 만나볼 요량으로 점(占)집에 간 적이 있다. 전주의 어느 점집이었는데, 신점(神占)을 친다는 그녀는 나를 보곤 대뜸 내림굿을 받으라 하질 않는가. 조금은 뜻밖이어서 나는 허 웃고 나서 내가 지금 박수인데, 무슨 굿을 다시 받냐고 말했던 적이 있다. 무릇 시인은 제사장에 다름 아니라고 나는 생각한다. 어찌 인간을 울리고 웃길 수 있는 시(노래)가 한 개인의 힘만으로 이루어지랴. 아직껏 시라는 걸 쓰면서 나는, 내 이름을 달고 나가는 시들을, 나 혼자 썼다고 믿지 않는다. 보이지 않는 누군가가 나를 빌어 쓴 것이라 생각하는 것이다. 그 누군가란, 내가 영혼이 있다고 믿는 온갖 동물이나 식물들, 그리고 작은 돌멩이들, 내 안에 든 무수한 죽음들인 것이다. 그것들, 삶 이전의 것과 살아 있는 것 그리고 죽은 것들. 나는 그들과 오랜 대화를 나누고, 그 내용에 나의 이름을 달 뿐이다.

　　　　죽기 좋은 시절 스물아홉에
　　　　자살은 못하고
　　　　한 권의 책을 묶는다.

　　　　　　1997년 1월, 수유리 시장 근처에서
　　　　　　　　이　　대　　흠

창비시선 158

눈물 속에는 고래가 산다

초판 1쇄 발행／1997년 2월 1일
초판 8쇄 발행／2018년 1월 31일

지은이／이대흠
펴낸이／강일우
펴낸곳／(주)창비
등록／1986년 8월 5일 제85호
주소／10881 경기도 파주시 회동길 184
전화／031-955-3333
팩시밀리／영업 031-955-3399 · 편집 031-955-3400
홈페이지／www.changbi.com
전자우편／lit@changbi.com

ⓒ 이대흠 1997
ISBN 978-89-364-2158-8 03810